歌集

声は霧雨

富田睦子

砂子屋書房

＊目次

装本・倉本　修

歌集　声は霧雨

あふれだすとき

わがうちに金春色の壜がありあふれだすとき桜咲き初む

シンプルな調理がよろし金色のかつお出汁にて炊く春キャベツ

しゃっくりのように少女は切り出せり死後の世界のありやなしやを

むかしより風呂好きになり沈めゆく冬より冷えた春のからだを

伸びし陽に長くのびたる影の手を下げるその手はもう繋がぬ手

広がれる宇宙についての不安など抱えはじめる、思春期と呼ぶ

制服はなかなか仕立てのいいもので子のクローゼットは格を上げたり

花序たてて山査子《さんざし》が咲くはるの午後その名のなかをけぶる驟雨は

ぱたりぱたり髪は髪ゴムくぐりゆき風のうまれる五月の背中

崩したる「ら」の字は少女のかたちして丸みにプリーツスカート纏う

胡桃は殻を
いのちとうしずかにひかる珠をもち眠りのなかを遊べるひつじ

傷ついたはなしを聞くたび傷ついて胡桃は殻を粗くしてゆく

新品のノートをひらき春をゆく少女ときおり沼の眼をする

「通学をするだけで四月は精いっぱい」大松達知《おおまつさん》は言えど心配

ふれたがる四月のむすめ　だきしめる　十二歳《じゅうに》のわれごと抱きしめている

制服のハンガー椅子に残されてひとつ増えたりわれの日課が

バスに乗る間際にひとつメッセージ寄こして娘は電源を切る

制服をすぽんと脱いで日曜の吾子はアヒルのようにくつろぐ

美容室ＭＯＢ

人々の集まる場所となりたくてつけた名という美容室ＭＯＢ

ライブビューイングしたいと語るひとの夢むなしくここは老人の町

そういえば名前を知らずモブの人と道をはさんで会釈を交わす

年四回、五回くらいをなんとなく通えどカードは毎回なくす

眼鏡置く銀のトレイのキンと触れ指輪は奥歯のしびれる冷たさ

「面貸し」は絶対しないという人にうなずき思うメンガシとは何

モブの人の娘は五歳公文式ドリルを楽しく解いているとう

モブの人に四月生まれの子の親の慢心を説けりなるべく軽く

髪切れば六月はふいに身に添いて西日あかるき町を歩めり

乾いた庭

ドクダミは黙って咲いてまならうらに白き小さき紋章《しるし》をのこす

米粒に混じりちいさな石はあり吾子のクラスに女王がふたり

心配をされてやるよと中学生まいにち昏きフレアをおこす

汗ばんだ六月の夜をこっそりと眺めにゆけば薫るくちなし

右から左　左の学費用口座パタパタパタと札《さつ》数う音

プリキュアの玩具開ければ乾電池ふるびてしろき結晶を吹く

夏の月はずかしいほどあらわなりわれも喉《のみど》を晒し対きあう

葉を枯らしながら走出枝《ランナー》のばしゆく麝香草あり乾いた庭に

夕刻の庭にぬるりと入り込みおさな児わらうはにかむように

飼い犬の名は健太郎　ららるちゃん毒を吐き出すように笑う子

狐狸の子は左に紙の腕輪して言問うごとき律にてうたう

泣かねばならぬ

虐待の平手のように若葉打つ打ちつづけたる水無月の雨

ツキノワグマに雄はおれども父はなく絵本の中に子ぐま母恋う

赤ん坊は夜がこわくて泣いている隣のアパートベランダ見えず

瀟洒なるマンションの下あゆむときネグレクトの末死にし子思う

夕焼けの朱き声もてヒヨドリは半分開けた窓より責め来

人懐っこすぎて怖い子庭におりカーテン揺らさぬようにわが見る

種こぼれこぼれたところで咲いている金魚草みな舌をだしつつ

バス停よりナナフシのかげ曳きながら吾子の顔してあゆみくるもの

百点を取るまで何度も解きなおすそんな正しさ　また朝が来る

噛めばきっとグミのようなる弾力の甘き頬なり喰いちぎらず来た

芍薬の莟に「ゆらら」と名付ければ枯れたるときには泣かねばならぬ

帰る

谷戸という通りをゆくとき耐えている頭上はるかにくらき雨雲

つつかれてときおり飛沫のように発ち一羽は戻るもとの欅に

土の香を歩道におとし水無月の雨はなつかしいところへ帰る

朽ちてゆくすがた美し芍薬の真ん中から花びらが舞い落ちる

取り返しのつかぬことあり触れたれば芍薬だまったまま崩おれる

ももいろの傘の一本どこまでもバスにゆられて戻ってはこず

食育という奇妙なことばを言うたびに舌に絡まる霞網あり

丸美屋の麻婆豆腐に半匙の辛みと卵を足して、　春宵

ちょっといい肉を蔵える冷蔵庫わがキッチンに本尊めきたる

ルーティンのように水煮のトマト缶鍋に潰せばふつふつ託《かこ》つ

金魚

雨霧と海はしずかにとけあいて書棚にねむるうたと歌人と

秋のあさ静かに浮かんでいた金魚ときおり思うその夕陽色

生きながら白くて丸い黴生やし胸鰭だけを動かしいたり

金魚にはついに名はなく熱帯夜過ぎあさの水わずかに匂う

箸ひとつ洗わぬ父が黙しつつまひる洗いし小さき水槽

あのころの父の齢に到りつつ平成という空欄がある

雨後の月

すりこみし薔薇の匂いはほのぐらく保湿されゆく手の皮膚、けなげ

魚のわた指のはらにて掻き出だし不思議いのちの高揚はあり

番傘のおばけのようなわが裄は鯨尺なら一尺八寸

メモ書きのしどろもどろを解読す大ではじまる歌人は多し

うっそりとこころ離《さか》れば伝えざる言葉を夜の川に棄てにゆく

包装をとく楽しさの栗味のバウムクーヘンなればなお良し

林檎より梨のおもみの友の子を少し借りたり泣き出だすまで

ことばすら拒絶しひとり思春期の水使う音ながくきこえる

スピカとういかにも青き星の名をいにしえびとは発語したりき

十代の腕にふれれば炭酸のあわのはじける冷たさに似て

宿題を打ち込み編集、送信し十三歳ほそきゆびさきを持つ

切手二枚貼り付け届くエコバッグわたしのエコには濁点がある

胸中にひとを選別するときに闇夜の林に照るトンボ玉

くさむらの夜へ潜れるこおろぎの声は霧雨　萩として聴く

きのこ炒め油を吸って吐いてゆく「雨後の月」なる酒は冷やされ

満月は老ゆることなきそらをゆく『黒羅』をひらく夜の安堵は

あきあかねひかりのように飛んでいる子どもらおらぬそらの公園

銀紙噛む、と言いさし寒き初霜のこころで向かう保護者会なり

鯉の背のぬるぬるぬるふくらむまなざしに互いの娘を褒め合う母ら

目が合えば感じのいいひとスイッチを入れねばならぬ頬から上げる

娘ほど、までとはいかぬ担任のさやさや語る娘の性格

桜守さくらを見つめるまなざしで発表会を母ら見つめる

流れかね色褪せてゆくもみじ葉の湧泉はじめよわき力に

やがてあなたの海にゆくのだ月光のあかるく響く凪の海へと

*

ふたり子を持ちたるごとく豚ロース四枚を買うときの楽しさ

ひとりしか産んでませんが母親の代表のごとイイネを捺せり

帰宅即塾に追い立て家じゅうが旅情のごとき秋虫のこえ

役割としてのお小言言うまえの口蓋に風ひやりと当たる

長き名の道の駅にて購いし利平栗なるゆうべ浸せり

ホタルブクロの顔して語る学祭の準備で泣いたクラスメイトを

カマキリの稚《わか》きがのぼる後輪の空気の抜けたままなる自転車

雨のふる学園通りをゆくときに息くるしきまで木犀におう

栗の実の真ん中の子をこのごろはかわゆく思う圧されておりぬ

バレンタインをバレンの日と書くお爺さんこころに蓮の咲きたるような

洗う干す畳むしまうの果てしなくわたし、ほとほと、洗濯嫌い

*

橋をわたるときの夕空はろばろと刷毛を描きて鳥をくすぐる

仲間呼ぶ声にてシジュウカラが鳴く目隠しの木に虫がいるらし

もうすこし屋陰においで蜘蛛の子を濡らして細かき秋黴雨《あきついり》ふる

プランターに枯れたるはずの菊は立ち首をかしげるような莟が

まずは型を大事にするというひとへ好意レベルのかちりと上がる

犬というかなしきものがふんふんと嗅ぎたるわれの固きくるぶし

くるぶしは骨と皮とでできているお菓子の家の魔女のごと撫ず

わが耳は自分で見えぬゆえにわが耳をいちばん知るひとがいる

血液とおなじ原理で赤いとうヒマラヤ岩塩すこしこぼれぬ

冬空をだらりと脚をさげて飛ぶゴイサギのこころで座るスツール

注がれるを待ちて並べるグラスらの最初の一杯だけの均衡

しゅうしゅうと力の抜ける穴があり海老とビールで埋めてみるなり

松の幹を登りゆくとき蟻にあるたしかな触覚二本ふるえる

旅人のわれを泊めたる夜の丘の白き宿あり歌集のなかに

フェスタ

日比谷まで和牛フェスタに行かんとす彼岸の前の蒸し暑き午後

この公園ドラクエみたいと子が言えば縦一列になって歩めり

行列の村に来たりて牛肉の握り寿司なる行列して買う

噴水のまわりぐるりとテントたてムーラン・ド・ラ・ギャレットきどり

ときおりの風に総身をふるわせてヒマラヤ杉がひとを眺める

行列にうねり生まるる熊蜂の一直線を人は恐れて

コインランドリー

うずら豆ひよこ豆はた白花豆まめを煮るとき耳はたのしむ

静寂を聞かんとすればぽつぽつとわたしを囲みつづける家鳴り

ラ・フランス座りよき名とかたち持ち秋の厨に切らるるを待つ

洗濯機ういーんういーんと空回りしてのちやけに重たき空き匣

ゆうがたのコインランドリーに聞こえくる知らない言葉タンポポのよう

ふたり連れの去りて静かな待合にあかりがともる急にひとりだ

昨日まであたりまえなる洗濯が一回千円なりしを知りぬ

わたくしに知らざることの多すぎる竜胆の咲く宵の苦さに

小さめの蒸籠で鱈と白菜ときのこを蒸せばやわらかき湯気

空き地

つるつるの枝のあいだを吹き抜けるふゆのはじめの風のゆびぶえ

やせてゆくサルビアガラニティカ紅葉になれざる落ち葉を根に絡ませて

顔舐める風にひりひりするゆうべ人待ち顔の月を見上げる

忘れるということできず遠ざかるいちにん湖面のひかりのごとく

砂糖衣のくだけるおとの響きたるここが私の頭蓋の空き地

めくるめく、　と言うときかすか日めくりは海からきたる風にはためく

生成

鰯・秋刀魚・鮭につづいてこの冬は真白き真烏賊が不漁のめぐり

二尾ずつか四尾ずつかにパックされわずかに旬を過ぎたる鰯

刃にエラの透けつつ力こめるとき鈍き音せり鰯の頸《くび》は

青魚のあぶらは指にぬめりつつ流れゆくなり腸《わた》ともろとも

湯に落とさばすなわち腹の身剝きだせりあるかなきかの薄き皮なり

薄切りの生姜しずかなステップを踏みたり肩に梅肉まとい

流し場のワタより滲む虹色は地中の管を流れゆくなり

たぶん梅煮を食べぬ娘に用意したマカロニアンドチーズ色づく

グラタンと鰯の梅煮の並びたる食卓のこのちぐはぐ楽し

少年が事件を起こす前の夜に食みし味噌煮とグラタンありき

「すさまじ」と少年Ａ家の献立を晒せし〈犯罪評論家〉Ｆ

三面鏡覗ける吾子の白き歯にピンとかかれるフロス一本

「菊姫」はほのかに生成《きなり》たましいも生成くらいがよいと思えり

「特別」に憧れる子は夜の眼がわたし紅いとふいに言い出す

床暖に伏してほぼほぼほぼ水分の少女寝ておりたそがれ闇に

冬晴れの各駅停車にゆくときにはるか産毛のごとき森見ゆ

鼻とがらせて

図書館の地下より抜ける中庭にひとりうつむく少女像あり

真直ぐな脚をさらして塑像立つわが少女期よりさらにさびしく

図書館を出づれば鼻腔に残りたる初夏のひかりのごとき紙の香

夕暮れのイオンのレジは忙しき人らが並び迷子の心地す

手抜きなる自覚のあれば刺身盛りひとつグレード上げて買いおり

塩胡瓜素手で混ぜればなかゆびの小さきささくれ物申したり

茎のごときからだにパーカーひっかけてものいいたげな吾子がうろつく

抱きしめてほしい日がまだたまにある吾子のつむじに鼻をうずめる

消えたいと思ったことがあると言う誰でもあるとは言わず頷く

うす闇を幼児番組の晴れやかさぼんやり見つむ中学生が

塾までの三十分にアイス食べチョコパイを食べほがらかならず

少女らも稚魚らもひとりひと粒のこころ灯らせ群れては散りぬ

鮭の稚魚おさなき背鰭をひからせて川くだりゆく月光の夜を

龍になる間際の鯉のかたちみゆ枕を抱いて眠る少女に

いつもよりきっちりと編む三つ編みは彼女の儀式鼻とがらせて

アーモンドミルクが甘いといいながら一気飲みせりのみど鳴らして

初夏《しょか》の花は裏地のようなあざやかさ蘇芳躑躅を好む年ごろ

伸び縮みするのはこころの布ぶくろ理由がなくても嫌いでよいか

バス停に吾子を迎えにゆく午後を刃のごとき夏の雨降る

待ち合わせ

無糖紅茶を一気飲みして荷物から体重へ水の重さを移す

待ち合わせまでの数分人を待つこころは愉し待たれるよりも

振り払い走り出したる幼子がビタンと転び泣くまでを見る

痛いからではなく悔しくて泣ける推定二歳の意地を見守る

アジフライタルタルソースに生ビール日曜の夜の喉はよろこぶ

ぷりぷりの海老を食むとき思い出すシロイルカのあのおでこのぷにぷに

鰈の骨は

「ホームとの間がひろく開いている」駅よあなたも節目《カーブ》に佇つか

夜は眼にあまくやさしくわがうちの白鷺は羽をふるわせ憩う

自由とは傘を持たずに濡れること夕闇に子は昏々睡り

諦めたときに芽吹きしものたちが夜半勢いてぽつぽつ踊る

さし交わす腕と首とのすずしさに鰈の骨は綺麗に残る

十八個千五百円に目はくらみわが野菜室に桃の整列

かたち良き重たきひとつを選びわれちゅるんと吸い込む魚類の口に

ふたつめの桃をひとりで食む午後をしずかに起動している除湿器

真水より全き水分食みてのち灯れるごとしわれの胃の腑は

ゆったりと香りをひろげ恒河沙の桃の実ひとを悦ばせ来つ

十四歳《じゅうよん》のむすめと各々桃をむく自分の分を自分の分だけ

人生に喩えるなんて野暮だから並び食みたり完熟の桃

生ハムとチーズを添えて桃サラダ七月六日の朝を食みおり

桃の実をひとは食みたり桃の木を人は殖やせり桃の繁栄

夏風邪

向日葵に添え木を立てて咲かせたる過保護の庭にゆうかげは満つ

同級生、顧問、先輩、然るべき順に退部を伝える吾子は

はればれと中学生はこのごろをよく笑いたり白桔梗咲く

夏風邪をうつされて寝る七月の熱もつまぶたどこか優しき

咳くときの隣の人の寝返りの腹立たしさと申し訳なさと

回復に向かう一点越すときにふたつの肺に満ちくる酸素

娘からわれへとうつる夏風邪の威力増しつつ夫へ続く

帰省

午後浅き墓所の日射しに蚊はおらずただ眩むごとクロアゲハゆく

墓じまい終えたるのちの墓石のざらざら積まれ砂になりつつ

舅の名赤く彫られし墓石にかけるそばからのぼる陽炎

実家なる便座カバーにロイヤルと文字あり夏を蒸し暑くする

タピオカが飲んでみたいという人と栄ラシック地下へと向かう

そうですかおいしいですかわたくしはこの夏すでにタピオカに飽く

弟と七年ぶりに会うゆうべ互いに頬を意識して上げ

むー姉ちゃんと呼ばれてわれはむー姉ちゃん母でも妻でも中年でもなく

ゆうがたの凪

わたしたち鳥よりさかな殻もたぬ卵を毎月生みて棄てゆき

まんまるい西瓜おもたき手のひらへ落とせ落とせと声は囁く

購える次の日は雨ひとひふり日日草の散る花みっつ

音たてず咲きたる花の散るときをかすか音たつまだ湿りつつ

一日に百回ほめて育てたる娘のスニーカー8インチなり

正しさがタイムラインを埋め尽くし責めてくるなり主婦なるわれを

消去法で生きるも愉し金曜の冷蔵庫のなかみっちり詰めて

肉を得て人格を得てすんと立ちバスに乗りゆく今朝もむすめは

親も国も棄てて生きよと船に乗せ船とおざかる　哭いて目覚める

忘れんと窓閉めるときいきおいを増して入りくるゆうがたの風

今はまだ死ぬのが怖いヒレ肉を油に落とすすれすれの指

福耳にわれはひそかに憧れてうむうむと揉むうすき耳たぶ

この町の猫みなわれに触れさせず金木犀の中に消えゆく

葛の花ブロック塀を垂れさがる風がきたなら揺れる覚悟に

うろこ雲みるたび秋の心臓がすっきりとした寂しさと言う

畳むときテロンと逃げる肌着らをドジョウのように掬う両手に

雨に濡れもみじはいよよ美しく朝のテラスに断固張りつく

樹にありて地にありて常より美しく憎悪の炎のように紅葉

死ぬことが復讐などと本気かよ向田邦子、白菜に塩

おじさんが作っておじさんが売っている洗濯機腰を屈めて使う

細胞壁に

よりふかくソファーに沈みせっかちなからだを秋のひかりにあてる

群雲《むらぐも》のそらゆく風に泡だてるつかの間はあり暮れゆく街に

まばたきをすればたちまち夜となる部屋にひとりのたましい灯る

われも子も夫も各々部屋にいる細胞壁に隔たれるごと

しゃっくりの度に鯖の香よみがえり静寂に吐くなまぐさき息

塩水の塩をころもとなすまでを茹で転がせりみどり銀杏

まふたつに苺を切ればそのなかに炎のごとき体幹はあり

いもうとの婚の了りしときも冬　きりりと眉を引くごとき雲

アルバムのように小箱をひらくとき使い残した切手にぎやか

ベーグルを一心不乱に捏ねながら脳の底いに屠れるひとり

直感を信じるとはいいえ願望はたしかにありて鶏肉を嗅ぐ

狂いつつヒースの枯野をわたりくる風かとおもうゆうべくりやに

切り昆布ゆるやかに弧をたもちつつかぼちゃの金にまつわりており

冬そうび白くちいさく咲いており土やわらかき睦月の庭に

勝ち負けを瞬時思える羞しさの格差という語の並ぶ画面に

福豆に追われしものら春の夜を裸足にゆくか蠟梅の夜を

アマビエの絵

まだ二月なのに中二を終えたる子　民子・智恵子の繰り上げ卒業

テレワーク「テレ」にバブルの響きありそれはのどかなわれの少女期

手を冷やし二月の葡萄は洗われるチリより来たる緑の葡萄

はずかしき記憶湧くときなぜなのか大き独言われは発せり

慙愧のみ身に添うときを枇杷色の春のひかりに散りゆく桜花

白薔薇と紅薔薇違う香をもつか湯船に余寒の肩を沈める

ひとたびは融けて羽化する日を待てるさなぎのごとき覚悟は持てず

ペアグラス一客割れしかたほうとかたほう労わるごとくに並ぶ

蛇と水、酒とつながり啓蟄はとまれかくまれ越の三梅

匂いよき蠟燭ともし雨籠る退けるごときこころを持ちて

椋鳥の群れぬ一羽がわたくしと距離を保ちて朝を跳ね行く

触れあわぬ合せ鏡にももいろのラナンキュラスは果てしなく咲く

不可思議にあかるき月を子の問えば教えていたり智恵子の一首

鳥の神さかなの神のなつかしさアマビエの絵を鬼門に貼れり

籠りぬ

人類のさいごの朝がきたような木洩れ日ゆれるちらちら揺れる

あかんぼのようになく猫　怒号かと吠える飼い犬　人は籠りぬ

不安定なりし娘にねだられた黒きマスクに助けられたり

ツイッターを始めたむすめが昨日わがいいね押したるツイート見せくる

ツイートは断面だから傷口の多くあつまる夜もたまにくる

正義マンいたるところに現れてその膨らんだ鼻を思えり

正しさの斧なる色のさまざまに金銀鉄の切れ味いかが

「密です」と言いて距離とる生活の意外によろし女性にはなお

被災地に古着を寄付する人もいる白き小さきマスクも賜る

ママ、ママと二軒隣の子が叫ぶ　生きている声しばし聞き惚る

風の音ばかりの午後を（花粉です）くしゃみ二つがキンと響けり

この春を生き延びようねと切り上げて半分はまあ冗談だけど

巣ごもりの娘とわたしに増えてゆく指示語だらだら投げ出した脚

時差通勤するため始発にゆくひとを見送るドアに陽は低く射す

人だけが笑みを忘れてどこからか降りくるさくら咲いて散るなり

したたかに地下茎のこし片喰《かたばみ》の葉はやわらかくわが手に散りぬ

にほんすみれ砂利のあいだにひとつ揺れこんなかたちの強かさもある

いずれ大潮

リモート授業の動画を二倍速で見て一日の淡し家居のむすめ

スマートフォン中学生に不要とか与えていいとか、 いずれ大潮

ツイステの音ゲー部分を託すとき子の指先はふふと動けり

振り向けば子の通話する低きこゆ夏の井戸からつぶやくような

はるのあめ

春の虚空　されどさくらは咲きはじめ一枝を振りてたましいを招《よ》ぶ

繭玉の繭の中なるやさしさのはるのあめ全方位を降りつぐ

パキッパキッと焚火の火花はぜるようときおり軒を雨つよく打ち

シロップのつくる無色の渦しずかクビキリギリスがじーんと鳴いて

起きている間は常に眩しくて疲れた目玉をひそかに冷やす

目を覚ます夢をみている夢に似て緊急事態宣言解除

セロテープ茶色く乾きこびりつき家父長制と十万円と

新品の古書というもの表示されヤフオクに買う新品の古書

自由へと最も近きひとつにて味噌汁にちぎりいれるベーコン

動いたら負けというごとカナヘビとわれ見つめ合う敵意はもたず

閉じこもる日々を咲きたるネメシアのふっと枯れたり夏至のゆうぐれ

踏みやすきところに多く生えてきて黙って栞になりゆく四つ葉

表面にあぶらは白くはじけつつ厚揚げそろそろ焼きあがるころ

一枚の皮を残してぷっくりと茹であげている初夏の唐黍

九十度机の向きを変えてみるわれへ近づく鳥と半月

七月のおもたきまぶたを両の手で押さえるときの草むら、ほたる

両手にてジョッキを持って飲みたかりホップのごっぷり入ったビールを

当たり前のことが変わってゆくときについでに掠め取られる心臓

ザマアミロ東京。蟄居の街をゆくウーバーイーツのヘルメット濡れ

唐突に怒鳴りはじめる老人のなべて雄なりあぶらぜみらも

くすくすと不意の笑いに振り向けばライン通話をしている娘

ほそきほそき触手を果てしなくのばし少女らつながるラインにZOOMに

果実の香

日本酒は米と麹と水のみに生れて果実の香のするふしぎ

明け方の町を充たせるひぐらしの九夏三伏されどすずしく

教室でベテラン教師が話し出すタイミングもて返す搔き揚げ

予定なき盆の休みの朝寝坊マッコウクジラの家族のように

目薬がこぼれぬように半眼に待つたまゆらを陰りたる陽は

人と会う人と話せるそのすべて暴力なれば頸のぐらぐら

月の舟

秋空のいまふかぶかと暮れゆきて魚の口《フォーマルハウト》が追う月の舟

心の垢、と書いて錆へと書きなおし朝の身体にふる秋の雨

ひやおろし逆さに読めばしろおやひ　ひと文字も似ず月のましろし

イオン三階特設会場華やかに下着メーカーの売るレースのマスク

ただいまの後に手洗い着替えをしそれからやっと家族に戻る

会えざれば紅葉を贈るこころもて投函したり葉書ひとひら

栗と芋どちらが先か知らぬまま見逃さぬよう十五夜を待つ

中秋に買いたる芒ほほけつつ大気のゆるく動くをしめす

母からの荷物のなかのポチぶくろ娘の名前が母の字であり

箱のすみぎゅっと押し込むかたちしてヨコイのパスタソースの角っこ

ひらがなで女言葉でメッセージ寄越しくる母の渡世を見つむ

ハンカチを三枚入れた鞄提げ筆箱忘れしこの体たらく

鉛筆を借りねばならぬ重罪に慄きながらエタノール塗る

スカート

神無月二日のむすめ痩せた気がするとスカート回していたり

インナーの薄きのゆえと気づきしが黙っておりぬ喧嘩せぬため

脚だけがのびて二メートルになりたいと真顔にて言う十五歳はも

秋はふいに訪れ雨の週明けのいつもの起床時間が暗い

呼ぶ声が届かないほど降る雨の向こうを夫ゆく鍵を忘れて

ゆうぐれのひとりのわれのため淹れる紅茶ひとくち咽喉《のど》あたためる

長生きがしたい長生きするほどに準備ができて怖くないから

駅からの道に閉店せし店とせざる店ありて秋の陽を浴ぶ

秋刀魚焼く火花うつくしぱちぱちとグリル庫内を脂の爆ぜて

聚楽第とう酒のやわらかく喉を華やぐ秋刀魚の夜を

そうだ今日はおでんにしようと思うとき両手の甲のすでに温たし

押し入れ

開くとき用心せねば崩れくる押し入れがわが胸底にもある

押し入れを魔窟と呼べど魔窟には魔窟の秩序ふれてはならず

とくべつな冬となりゆくこの年の木枯らし1号眉間を打ちて

インターホン出でてすなわち口隠しドアを開けたる流れなめらか

十分に生きるというを思いつつ鰹節ぎゅっと絞って捨てる

目を伏せてすれ違いたる人とわれ互いに相手をウィルスとみなし

如月の耳

ときおりを雲に書類を放り上げリモート勤務中なり夫は

金魚草一番上まで咲ききって白うっすらとみどりを帯びぬ

もの忘れしているような如月の耳おしひらくひよどりの声

クロッカス黄色が最初にほころんでわれに妹いること嬉し

みんなみんな一年分の年をとり画面に並ぶ口角下げて

ペン先のやや乾きゆく春ゆうべ時候のつぎの言葉をさがし

ひらがなのゆの字の楽しあたらしき万年筆にてゆを書きつづく

古書に購う『甃』に線引かれあり何・ふと・いかなる・たれとも知らず

梅の実の

梅の実のぷくりぷくりと育つころ生まれたむすめ十六歳なり

プリキュアの齢に追いつき追い越してすうっと伸びた背中のむすめ

「パパなんかねておこってだ」三歳が地団駄踏みし卯月土曜日

消　毒

投函ののちの両手を洗いたり結界を張り直す手つきで

弁当を詰めてゆくとき箸先は触角めいてちいさく震う

アルコールシートで朝の食卓を拭き思い出す山口美江を

釣革も消毒せねば触れざりし山口美江は正しかりけり

スマホとう小さく深くキリもなき窓を覗きこみ出目金となる

災害と災害の間をわれら生き悔しがったり喜んだりする

ブルーブラック

晩夏なるひかりまぶしく満ちていた第二接種会場待機場なる

三百の椅子にぽつぽつ座る人みな膝に手を乗せて黙せり

こんなことになっちゃってねえ、と目で語り目に聞きて順に立ちあがりゆく

生きめやも／生きざらめやも　熱の夜にふいに浮かび来どちら正しき

熱引きてのちのけだるさ長引きて万年筆のペン先あらう

透明な水に落ちゆくひとすじのブルーブラック空き瓶のなか

適応を迫られわれら受け入れて無限に甘し今年の葡萄

オンライン授業見せるか登校か決めねばならぬ八月尽今日

庭に来て選り好みして飛び去れるシジミチョウ見ゆまぼろしのごと

薄　緑

伝説の真偽は措いて義経の太刀薄緑の切っ先しずか

あかあかと明恵の剣の両刃なり背骨のごときシンメトリーに

ヒトよりもモノに寄りたるこころもて大江戸線の深きより出づ

水曜のまひるの駅にイヤホンを外せばあふる人の気配は

白萩とくれないの萩ならび咲き白萩のやや大きくゆれる

うつむいて咲くからきれいとおもうときわたしの中にある支配欲

ハチドリの如き蛾のいて一昨年も調べた名なりホシホウジャクか

ベニシジミせわしく午後をうつりゆく花の白さく秋の庭にて

鳥は鳥へ虫は虫へとうたいつつ九月の日暮れがひとは寂しい

うろこ雲むらむらながれてゆく空を見上げる秋のしずかなこころ

豆乳に湯葉はひたされ夕餉時まちたりくらき冷蔵庫のなか

しら菊のわくらばふたつ外すときツンと薬のごとき香のする

ペンタスもインパチェンスもまだ咲いて人類のみが秋を好める

十六歳のほそき腕《かいな》に三種類ワクチン打ちて早しこの秋

ＨＰＶワクチンの針が子の腕に沈み浮かぶを見つめておりぬ

まだ親に決定権のあるからだ問診表にサインを入れる

母子手帳のうすきカバーに透けているかつて住みたる町のひとつが

役に立つ毒は薬品　鈍感はちからとおもう小望月かな

モスコプス　トリケラトプス　草の息、思いつつゆく苔のきだはし

ゆびさきはサッシにふれて秋蝶の小さき食事のたまゆらを待つ

一昨年か千年前かも忘れつつ琥珀のなかの虫なるわれら

あとがき

『声は霧雨』は、『さやの響き』『風と雲雀』に続く私の第三歌集です。二〇一八年の春から二〇二一年秋まで、年齢にすれば四十四歳から四十八歳までの三八一首を収録しています。所属する「まひる野」に発表した歌を中心に、お招きいただいた他結社誌、総合誌、また同人誌に発表したものを、編年体でまとめました。

一人娘が中学生になり少し身軽になりました。残り半分を切った人生の時間で昭和期の女性歌人を読んでいこうと決め、古書店回りなどをしていた矢先、世界的な感染症の流行が始まりました。

今歌集では、その感染症に対してのワクチンを接種し、恐る恐る外出をしはじめた時期までを収録しました。とにかく家族が心配、だというのに籠る生活のなかで家族の食事の用意や雑音、気配が煩わしい、という矛盾した日々でした。そんな日々に短歌は、自分自身の感情を客観化させてくれるありがたい存在だったと思います。

圧倒的なホームである島田修三先生をはじめとする「まひる野」のみなさま、ZOOMで歌会を続けてくれたロクロクの会のみなさま、また、SNSはいいことばかりではありませんが、不安のなかにいたとき、自分と同じように笑ったり怒ったり飲み食いしたりする人がいると知れたことは確かな心の灯りでした。ありがとうございます。

今歌集は「令和三十六歌仙」シリーズに加えていただきました。師である島田修三が「平成三十六歌仙」シリーズの十三番、それに続く令和の十四番と思うと身のひきしまる思いです。出版にあたっては田村雅之さんにお世話になりました。装丁はあこがれの倉本修さんにお願いできるということで、出来上がりがとても楽しみです。

この時代を生きるごく普通の人間の生活が表れていますように。

二〇二三年八月二十九日

富田睦子

著者略歴

富田睦子（とみた　むつこ）

一九七三年　愛知県生まれ
一九九四年　「まひる野」入会
二〇一三年　第一歌集『さやの響き』（本阿弥書店）上梓
（第15回現代短歌新人賞受賞）
二〇二〇年　第二歌集『風と雲雀』（角川書店）上梓

まひる野叢書第四〇一篇

声は霧雨　富田睦子歌集

二〇二三年一一月三〇日初版発行

著　者　富田睦子

発行者　田村雅之

発行所　砂子屋書房
東京都千代田区内神田三―四―七（〒一〇一―〇〇四七）
電話　〇三―三二五六―四七〇八　振替　〇〇一三〇―二―九七六三一
URL http://www.sunagoya.com

組　版　はあどわあく

印　刷　長野印刷商工株式会社

製　本　並木製本